KB262185

보이지 않는 하늘도 하늘이다

국립중앙도서관 출판시도서목록(CIP)

보이지 않는 하늘도 하늘이다 : 배미순 시집 / 배미순.
— 서울 : 청동거울, 2007
  p. ;   cm
ISBN 978-89-5749-089-1 03810 : \6500
811.6-KDC4   895.714-DDC21   CIP2007001966

보이지 않는 하늘도 하늘이다

2007년 8월 1일 1판 1쇄 인쇄 / 2007년 8월 10일 1판 1쇄 발행

지은이 배미순 / 펴낸이 임은주 / 펴낸곳 도서출판 청동거울
출판등록 1998년 5월 14일 제13-532호
주소 (137-070) 서울 서초구 서초동 1359-4 동영빌딩
전화 02)584-9886~7 / 팩스 02)584-9882
전자우편 cheong21@freechal.com

주간 조태림 / 편집 이선미 / 디자인 박우경 / 마케팅 김상석

값 6,500원

ISBN : 978-89-5749-089-1

보이지 않는 하늘도 하늘이다

배미순 시집

청동거울

| 자서 |

시,그 나약한 밧줄이여!

밤이 오지 않아도 나는 알 수 있다.
지난날 당신이 얼마나 뒤척였는지를
아침이 되지 않아도 나는 알 수 있다
지난 밤 당신이 얼마나 신음했는지를
당신과 함께 뒤척이고 신음하는 동안
내 시의 밧줄 하나 던져 주지 못했다.
서슬 푸른 질곡의 한때를 건너가고 있는
당신이 붙잡기엔 너무 나약한 것이었기에
오랫동안 내 시의 어깨에 손얹지도 못했다
내 존재가 내려 누르는 힘도 견뎌내지 못해
혼자 헤맨 바보, 웅숭깊지 못한 못난이였기에.

2007년 4월, 시카고에서
배미순

차례

2 또 다른 희망을 위하여

3 낙헌제

4 당신에게 가는 날은

1 집으로 가는 길

내 속의 바람

사람은 누구나
한 가닥 바람을 갖고 산다.
근원을 알 수 없는
미세한 바람 소리에 떠밀려
오늘도 이 하늘 저 하늘
떠다니며 사는 나는
누가 쥐고 있는 풍선인가?

집으로 가는 길

당신은 아는가
집으로 가는 길을.
일상의 틀을 깨며 살기 위해
우리는 멀고 낯선 곳에서 짐을 풀었다
당신은 그쪽
나는 이쪽
밧줄처럼 팽팽히 붙들고 있는 사이
아래로 더 아래로
재빨리 뿌리내리는 법 알지 못해
수많은 미지의 날들을 탕진했다
따뜻한 불빛 하나 내어 걸지 못했다
쓸쓸히 돌아오던 지친 발자욱 소리
아뜩한 시간들 속수무책 흘러가도
붙잡지 못했다 붙잡을 수 없었다
갈림길은 밤낮없이 튀어나왔지만
아무도 마중 나오는 이 없었다
어디로 가야할지 예측할 수 없어
밤마다 무한천공 날다 보면
살가왔던 것들 더러는 잊혀지고

더러는 영영 등을 돌리기도 했었다
정신은 때로 아뜩해졌지만
눈 먼 내 사랑 내어던지며 울 수는 없었다

당신은 아는가, 저 언덕 아래
집으로 가는 그 길을

누가 먼 발치에

누가 먼 발치에
슬픔의 웅덩이 하나 숨겨 놓았을까
해마다 정붙여 꽃을 심으면서도
마음이 시린 남의 나라, 남의 땅.
쓰러질듯 쓰러지지 않으려
살얼음판처럼 살아오는 동안

날 기다리는 건
화려한 꽃밭인 줄 알았다
나의 시간, 나의 때인 줄 알았다.
목까지 차오르는 고통의 늪
그 배반에 빠져 허우적거릴 때에도
날 기다리는 건
화려한 오방색 꽃밭인 줄만 알았다.

누가 먼 발치에
슬픔의 웅덩이 하나 숨겨 놓았을까
아아, 쉽사리 건너지 못할
그 시퍼런 질곡의 웅덩이 하나

줄어드는 봄날 새벽

저 멀리서 한 남자가
피어 오르는 새벽 안개를 걷어내며
열심히 호수 낚시를 하고 있다.
일가를 이룬 물오리들
조신 조신 잔디를 밟으며
먹이를 찾느라 고개를 숙인다.
나무 등걸은
새순 쪽으로 쭉쭉
연두색 수액을 뿜어낸다
길을 잃었나, 개똥지빠귀 한 마리
정적을 깨며 기웃거리는 사이
나의 봄날은 점점 줄어들고 있다
그동안 네가 낚은 것은 무엇이었나?
끈질기게 조준한 것들은 무엇이었나?
아직도 일가를 이루지 못해 허둥대며
출발선상에 다시 서보면
그대와 나를 중심으로 다시 한번
생의 궤적이 그려지고
모든 것들이 숙연해진다.

저물 무렵

드디어
나무의 속살에까지 다다른 해거름
연못마저 노을물로 울그락 불그락
작은 새 몇이 와서 끝까지 서성이며
무슨 흥정을 저리도 하는 걸까

하루씩의 떨림,
하루치의 슬픔에도 너무 벅차
마지막 남은 금쪽 같은 이슬로
뱅뱅 머리 굴리는 꽃들 앞에서
누군가 앉히고 싶어 안달, 안달하는
나무 벤치가 여태 부럽다.

밤, 칠흑 같은 밤은
누구에게나 찾아온다는 것을
저물 무렵이면 알 수 있을까?
글썽이는 눈물처럼
초저녁 별들이 좌르르 쏟아져 내리는
그때에야 알 수 있을까?

진종일 참았던 울음
마음놓고 펑펑 울 수도 없는 그때에야?

쓰라린 날들의 일기

누구에게나 도저히
감당할 수 없는 시간들이 있다
어디에서도
마음놓고 울지도 못하는 당신
한밤중 같은 시간들을 붙안고
막막한 하늘 거슬러 가고 있다.
가슴을 후비는 슬픔의 잔영
숨겨둔 사랑처럼 떠나지 않아
초생달마저
시퍼렇게 날을 세우고
당신의 속울음 잘게 잘게 도려낸다
이쯤에서 떠나도 좋으련만
섬광처럼 한순간에 사라져도 좋으련만……

누구를 만나러 가다
되돌는 이 있어 황급히 돌아섰던가
예닐곱 살 어린 시절 그리워도 오지 않고
거친 듯 아름다웠던 청춘의 날 가고 없는데
들어올까 말까 망설임도 없었지

손사래를 치며 말려도
온몸에 퍼질러 앉고 마는 잔병처럼
언제까지 달라붙어 그 지경을 넓히려는가
마음놓고 울 수도 없는 당신
한밤중 같은 시간들을 견디고 있네
궁색한 변명도 못한 채 식은땀 흘리며.

슬픔은 지도를 그린다

슬픔에게
길을 묻고 싶은 날이 있다.
어디로, 어떻게 가야할지
도저히 막막해지는 때
슬픔은 모든 걸 알고 있는 것 같아

눈 위에 눈 내리면
도처의 아픔 하얗게 잠잔다
비 위에 비, 내리고 또 내리면
상채기난 우리 사이 말갛게 씻기우고
풀잎 위의 풀잎들 말라 가면서도
서로의 볼 부비대며
살갑게 살자, 다짐하듯
슬픔도 제 갈 길 먼저 알고
살갑게 부비대며 오가는구나.

아, 이제야 조금은
알 것만 같다.
슬픔이 그려 놓은 지도를 따라

강물 위에 언 강물 반짝이며
우리들 풀 수 없는 생애 속으로
유유자적 흘러가는 이유를…….

봄은 날개가 있다

봄의 날개를 본 적 있는가
새들은 겨드랑이의 날개짓으로
연두색 봄치마를 갈아 입는다
날개짓에서 시작되는 봄은
도처에 다시 날개를 달아 준다
땀을 뚝뚝 흘리며 피어나는
노랑 수선화는 노랑 날개로
초록 들판은 초록 날개로
온 세상을 뒤덮으려 숨이 가쁘다

봄이 되면 내 어깻죽지에도
날개가 돋친다.
노랑에 파랑을 섞고
파랑에 빨강을 섞어
종일 나만의 들판을 만든다
그 들판, 그 세상으로 날아가
드디어 용감무쌍,
크고 굵은 희망줄 하나 낚아챈다

변명

엄마,
당신의 묘원은 너무 가까워
너무 가까워서 자주 못 갔어
당신이 황혼 저편으로
황망히 사라져 버린 어느 날
내 마음도 그쪽으로 보내 버렸어

엄마,
지금은 혼자 아니지?
아버지랑 함께 있어 외롭지 않은 거지?
오헤어 공항에 동생 윤이가 와 있단다
빨리 밥 먹고 마중 가야 돼!
치매가 오고서도 못 잊던 부모형제
뭉턱뭉턱 잘려나간 안쓰러운 기억들

엄마,
당신의 묘원은 너무 가까워
너무 가까워서 자주 못 갔어
생경하게 살아 있던 팔순 노모의 고향

매정하게 끊어 주며 견뎌낸 이국살이……

당신 계신 묘원에
흰 눈 실하게 덮힐 때면
내 마음도 뽀얗게
실한 눈으로 덮어 주고
황혼 저편으로 먼 눈 던지고 만다

튤립송

겨우내 언 땅의 허를 찌르며
진홍색 튤립이 필 때쯤을
나는 기다린다.
삭막한 그대의 뜰 한 모퉁이
양수의 힘으로 버티며
끈질기게 키워 온 둥근 뿌리로
앙다문 꽃잎 하나 밀어 올린 후
나는 들었지.
가만 가만 내지르는 기쁨의 탄성을……
고운 살결 새삼스레 보듬어 보는
연두빛 하오
무리져 오는 봄 햇살
그 눈부심에 못내 겨워
까르르 까르르 웃다
밤마다 그대 심장으로 되돌아오는
진홍색 튤립 한 송이.

생명의 전율

드디어 알은 깨어지고
힘찬 날갯죽지 사이로
햇빛이 쫙 비쳤다
어미의 품은 아늑하고 따뜻했지만
어느 순간 불쑥 품 밖으로 밀려났다
봄날에도 으스스한 한기
연약하고 안쓰러운 생명의 전율
이제부터 종횡무진 헤쳐가야 할
세상은 눈부시고 찬란했다

하늘의 힘으로 날 밀어낸 후
더 당당해진 어미의 저 눈빛
나를 키우고 내 그림자도 보살피리라
사는 날까지 맞닥뜨릴 생의
오소소……한 전율 온 하늘에 띄우며
세상을 향한 당찬 걸음마를
나 이제 시작하리라,
강해진 심장으로 더욱 자랑스럽게

어머니, 아 어머니

어머니,
오랫동안 당신은 무얼 기다렸나요?
천지에 오방색 꽃 피어나는
봄 동산, 아니면 갓 태어난 작은새들
종종거리는 봄 들판이었나요?

미욱한 자식들 떠도는 동안
봄 같은 날들 진정 왔나요?
꿈인지 생시인지 모를 만큼 행복한
그런 날들, 그런 세상 맛보았나요?
겨울 달마저 차갑게 종루를 때리듯
깜박 속아 사시던 쓰라린 이 땅에서
봄 햇살 같은 생애 기다렸나요?

어머니, 아 어머니
오방색 봄 찾으러 길 떠난 어머니
그곳에서는 어떤 세상 보고 계셔요?
한 해도 잊지 않고 때맞추어 피고 지는
우리 집 앞 분분한 목련꽃만

여태도 목을 빼고 보고 계신지요?
꽃 살결, 흐드러지는 이 봄날에…….

2 또 다른 희망을 위하여

일년초가 다년초에게

가을의 끝 어딘가에서
풀잎의 울음, 풀잎의 눈물 방울
본 적 있나요?
함께 서 있어도 외로움뿐인
저마다의 생으로 밤새 떨며
긴 밤을 견뎌온.

나도 당신들처럼
확실한 뿌리를 갖고 싶었어
내게도 실은 지난 봄부터
연약한 뿌리가 없었던 건 아니야.
점점 굵어지고 깊어져서
정말 나도 너처럼
땅 속에 확실히 자리잡는 줄 알았어.

아, 그러나 모든 게 헛것이었어.
단 한순간도 헛살지 않았는데도
세상은 한바탕 일장춘몽이었어.
하늘을 향해 춤도 추었고

때로는 예쁜 꽃도 피웠었지
그런데 뭘 어쨌다는 거야?

넌 땅 속 깊이 들어가 여유작작하게
다시 태어날 준비를 하는 이 가을,
난 송두리째 사라져야 하다니.
안 돼, 안 돼!
나도 너처럼 죽은 듯 다시 살아나는
확실하고 당당한 그 뿌리,
빛나는 그 뿌리를 갖고 싶어

세상을 열며

11월에 꽃을 본다.
마지막 한순간까지도
만개를 두려워하지 않는 너.
기다림의 끝은 어딜까
어느 날, 어느 때일까.
깜깜한 세상 숨죽여 살다
어느 순간 하하 하하하……
보란 듯이 피어난다.

그 연약한 손나래로 열어제친
희망, 어둠 없이는 볼 수 없는
만개, 그 열리고 열리는 세상의
눈부심이여!

너에게

내가
네 이름을 부를 수 있다는 건
크나큰 축복이야
어느 날,
은빛 거대한 물결처럼
내게로 와 안겼을 때
세상 모든 아름다움
네 이름 위에 빛났었지

그래, 넌
이 지구상의
가장 뜨거운 생명의 꽃,
신비로운
어느 별의 승화
사랑 없이는 차마 바라볼 수 없는
또 하나의 희망,
한 아름의 영모(永慕)

봄비에 관한 명상

봄비가 되고 싶다
이 지구상 어딘가에 내리는 첫 봄비가.
얼마나 참았던 유혹인가
긴 긴 혹한의 끝
가장 오랜 심연에서 끌어올린 정수를
지붕에, 언덕에, 무겁게 쌓인 검은 눈 위에
골고루 뿌려 주리라.
천신만고의 갈구로 이뤄진 만남이기에
모든 물상은 제자리에서
차렷 자세로 새롭게 빛날 채비를 한다.
달콤한 유혹의 정령들
가 닿고 싶은 곳마다 가 닿아
씻기고 어루만지면
기다림에 지친 그대 생의 갈피마다
어찔어찔한 현기증이 일어난다.

행복한 새

몇 마리의 새들이 우리 집을 찾아왔다.
처마 한 쪽 모서리에 부리를 대고
'이곳이다' '여기다' 점찍은 모양이다.
갈대잎 같은 지푸라기, 껍질나무 물어다
제 새끼들 잠재울 아담한 보금자리 만들었다.

'새들이 처마 속까지 들어오면 집이 상한다는
데……'
아침저녁 둥지를 들락거리는 새들을
그는 귀찮아했지만,
살아서 펄펄 날아오를 줄 아는 자유와
살아서 미래의 집을 지을 줄 아는 희망이
새가 되어 우리 집에 깃들었다니…….

작은 어둠 녹일 시 한 줄 얻지 못해
밤새 끙끙대는 날 위해
새벽마다 창가를 기웃거리며
시 한 소절 떨구고 가는 저 행복한 새들,
그 새들의 노래를 이제 따라 부르노니…….

달빛송(頌)

마지막 달빛 속으로
그대는 숨는다
이쯤에서 이렇게
헤어져야 한다며

황량한 바닷가
어느 기슭에서
오돌도돌 떨면서라도
새 그물 던져 보라고
그대는 숨는다
마지막 달빛 속으로

쏟아지는 이승의 눈물
한순간에 그치고
살아 있음도, 불타오름도
언제나 계속되진 않아

모닥불 같은 생애
송두리째 피워 올려

온 팔 가득 혼자서
희열을 낚아 보라고
그대는 숨었다
마지막 달빛 속으로

봄의 정령(精靈)

언제부터 내가
그토록 당신을 기다리고 있었을까.
봄 길목 햇살은 발갛게 달아올라
뿌리와 풀잎들의 교신으로 바쁘고
쓸쓸한 공원을 오래 지킨 오리떼는
새똥과 새똥 사이를 건너느라 새삼 바쁘다.
아침 산보길, 심호흡을 하다 보면
이제부터 아낌없이 들이마셔야 할 것도 있고
봄기운에 한껏 젖은 나무 등걸을 보면
이제부터 아낌없이 적셔야 할 세상도 보인다.

더러는 늪에 빠진 나날도 있었지만
거칠어진 손등 밤새 흘린 눈물로 씻으며
여길까 거길까, 거길까 여길까.
구비치며 흔들리며 헤매던 사람살이
시인의 잠언처럼 따스하게 다가오고
오랫동안 내가 당신을 기다렸는지
당신이 먼저 날 기다려 왔는지 알 순 없지만
내가 기다린 그토록 눈부신 당신과

나를 기다려 온 당신과의 새털 같은 조우에서
길고 아픈 기다림은 이미 끝나고 있다.

그 순백의 순간에

이 세상을 향해
네가 난생 처음 실눈을 떴을 때
그 순백의 순간에 내 소망 심는다

네가 본 세상에 이끌려 가지 말고
그 세상을 네가 이끌어 가기를

네가 본 세상에 물들지 말고
그 세상을 네가 물들여 가기를

네가 본 세상을 쉽게 탐하지 말고
그 세상이 너로하여 발견되기를

네가 본 세상을 쉽게 탓하지 말고
그 세상이 너로하여 기뻐, 기뻐하기를.

또 다른 희망을 위하여

새 길, 새 들판
새 하늘과 만나기 위해 여행을 한다.
오염된 일상, 밤마다 잠든 내 의식을 강타하던
잡힐 듯 잡히지 않던 고통스런 꿈들이
흔적없이 바람 속으로 날아간다.
낡고 지루함에서 일탈한
풋풋한 미지의 향기가 코끝을 스쳐 간다.

낯선 길들이 나긋나긋 고개를 내밀며
스쳐 지나가는 풍경 속에서 나는 두리번거린다.
이젠 해가 지는 언덕도 또 다른 희망이다.
이쯤에서 행여 길을 잃고 헤맨다 해도
이글거리는 삶의 불길 속으로
새삼 뛰어들 용기마저 생긴다.
'다시 한번 그대를 믿고
그 따뜻한 어깨에 기대어 보리라'
그대가 끓이는 새벽 커피향 같은 여행을 한다.
짧아서 아름답고 더욱 신선한.

새해를 향한 연서

새해 새날의 신 새벽
당신은 이미 내 앞에 와 있다
"이곳을 지나려거든
네 모든 희망을 걸어!"

조심스레 바쳐진 제물
살아 꿈틀거리며 말한다
"날 딛고, 날 밟고 가려거든
네가 가진 모든 희망을 걸어!"

세상에 사는 날은
지나가는 그림자 같고
베틀의 북보다 더 빠르다지
그 흐름 멋지게 거슬러 오르고 싶었어

쳐다보면 언제나 아득하고 가팔라
우리의 포기는 너무 빨랐지
희망 아닌 절망, 어둠 아닌 어둠,
환희도 아닌 허허로움

재빨리 끌어안는 사이
밤은 간혹 울음의 손을 내밀곤 했었지

세탁소에서, 네일샵에서
더러는 세기말의 휘황찬 거리에서
생선처럼 토막 나던 언어여!
아, 가엾고 가여운 꿈과 용기여!

분노와 좌절, 어설픈 웃음 속에
그것들 감추며 너무 쉽게 한숨 쉬고
감추인 것보다 드러난 것 찾느라
너무 쉽게 상처를 만들기도 했었지

이젠 그러지 않을게
외롭고 고통스런 말 대신
작은 것으로 널 행복하게 해줄게
이미 가진 것 소중하게 갈고 닦아
함께 나누고 함께 누릴 때까지

살아 꿈틀거릴 당신 앞에서
온 마음 다해 손가락 걸듯
당찬 새 희망 하나씩 내어 걸게

2월의 끝

삶이 그러하듯
어느 날엔가부터
출구가 막히고
삭풍이 불어 왔었지.

눈마저 켜켜이 쌓이더니
어둡고 긴 미로가
우리들의 전 존재를
송두리째 끌어당기며
꽃들의 마지막 웃음,
마지막 손짓마저 거두게 했어.

끝모를 불안이 뿜어내듯
나날이 계속되던 그 고통 속에서
마침내 뿌리들은 고개 숙여
근원으로 되돌아가는 법을
배울 수 있었지.

그래,

겹겹의 어둠이여 오라！
켜켜이 쌓인 슬픔아 너도 오라！
나랑 마주쳐 보자.
땅 위에서 빚은 모든 상처와도
하나씩 마주치며 사투를 벌이는 동안
기쁨의 그날은 봇물처럼 터지리라.

그리고 나에게 다오.
불현듯 알 수 없는
강한 힘에 이끌려
모든 것 새롭게 꿈꾸게 될
그 격렬한 봄날의 눈부심을…….

3 낙헌제

슬픔이 강물처럼

때때로 슬픔이 강물처럼
내 앞길 가로막을 때가 있습니다.
강물은 흘러가는 것이라지만
내 슬픔은 흐르지 않는 강이 되고
강물은 마르기 마련이라지만
내 슬픔은 마르지 않는 강이 되어
오래 오래 누워 있기도 했습니다.

그러나 슬픔이 제풀에 떠날 때까지
조용 조용 기다리렵니다.
길고 긴 기차도 언젠가 끝이 나고
터널이나 혹한도 언젠가 끝이 나고
무성한 여름풀 같던 우리들의 젊음도
언젠가는 눈발 그치듯 그칠 것이기에

슬픔이 강물처럼
내 앞길 가로막더라도
흐르지 않는 강, 마르지 않는 강처럼
내 앞길 가로막아 버티고 있더라도

제풀에 겨워 아주 떠날 때까지
가슴 열어 품어 주며 조용조용 기다리렵니다

낙헌제(樂獻祭)

잿빛 한겨울
새떼들이 우르르르르,
빈 나뭇가지 어루며
자주 자주 노래하는 이유는
정든 잎새들이 비운
허전한 자리 메꾸며,
차가운 하늘 끝에 가 닿을
시리고 애달픈 사랑으로
입술의 낙헌제를 올리고 있기 때문이다.

바람의 숨결

새 캘린더에 얼룩을 묻히고
당신은 전전긍긍하고 있다.
지나간 날들에 묶여
한 발짝도 내딛지 못한 채
제자리 걸음만 하고 있다.

고개를 들고 앞을 향해 나아가라!
당신의 뿌리가
넓고 무한한 수맥에 닿아 있는 한
기쁨도 잠깐이고 고통도 잠깐이듯
지금의 좌절 또한 잠깐인 것을

전전긍긍하는 그대여 보라,
한 그루의 나무가
얼마나 많은 잔가지들로 하여
시시각각 변하는 바람의 숨결을
맛보게 하는가를…….

가을 햇살에 부친다

아, 하는 사이
하루치의 가을이 또 사라지네.
폭우를 견뎌낸 나뭇잎만 달구는
금빛 햇살의 달콤함
채 맛보기도 전에

든든한 나무들처럼
서로 기대며 버퉁겨 주며
당신 안에 온전히 자리잡아
사랑으로 커가던 그 열매
채 여물기도 전에

아, 이 가을에는
하루치만큼씩의 햇살을
소중하게 소중하게
손바닥에 받아내며 사랑해야지.

전광판을 보며

한 세기는 힘겹게 가고 있다.
전광판의 초침을 보라
아니 초침보다 더 빠른
초의 초의 초의 초침,
그 앞에서 초침을 당하며
안절부절하는 우리들.

살 같은 광음의 소용돌이 속
평범한 일상들이 반란을 꿈꿀 때
그 앞에서 혼비백산하며
마지막 꾸는 꿈은 무엇인가?
하늘을 치솟듯 터지는 가슴으로
당신도 우주의 반란을 꿈꾸는가
새천년은 그때에야 비로서 시작된다

뼈를 삭히던 고통과
짧았던 배신들아,
그대들 형체 없는 무덤 같은 것들아
이젠 가거라, 뒤돌아보지 말고

지난 세기 동안 쏟아부은
무수한 말과 생각들아
그 열정의 정수리만 소금처럼 남겨다오
눈부신 새천년을 함께 달려갈
당당한 나의 분신 만들기 위해.

오늘은 비록 헤어지지만

52분 거리를
55년 돌다돌다 마침내 이뤄진
이산가족들의 절절한 만남도
한바탕 꿈속에 사라졌다.
생손가락 앓듯 수십 년 아리던 꿈은
또 다른 내일을 기약하게 할 뿐,
반세기를 단숨에 뛰어넘어
혼절하며 혼절하며 혈육 찾아 오갔지만
애절한 울음 속 비명 같은 외마디만 남긴 채
서울과 평양은 새로운 '생이별'을 선물해 주었다.

7천만 겨레 중 이산가족 1천만
한두 번 만남으로 흐르는 피눈물 말리겠는가.
갈지 않은 보석은 보석이 아니라지
어머니! 여보! 오빠! …
세상에서 가장 귀중한 그 말들
밤마다 같은 별 보며
빛나게 갈고 갈았던 그 보석들,
반세기 만에 소리 높여 불러 보며,

얼싸안고 뒹굴며 오열한다 해도
한두 번 만남으로 흐르는 피눈물 말리겠는가.

"오늘은 비록 헤어지지만
부디 부디 오래 사세요!"
3박 4일간의 광음보다 빠른 상봉
그 환희와 감격의 눈물 바다에서
우리가 할 말은 오직 이것뿐.
빛바랜 사진 속 눈물로 익혀 온 얼굴들,
한맺힌 사랑의 따뜻한 이야기들이여.
흐르는 눈물 씻고 돌아보면
갈등과 이념의 이끼들 켜켜이 쌓였는데
통일의 그날 맞을 때까지
가슴속 그리움 다시 키우며
"오늘은 비록 헤어지지만
부디 부디 오래 사세요!"

세상을 향해

새 봄의 꽃씨들은
세상을 향해 소리친다.
내가 있다.
땅 속에 내가 있다.
땅 속에 내가 있었다……고.

내 속에 보이지 않는 나
눈물로 키운 지난날들
하나씩 둘씩 꽃으로 피며
세상을 향해 소리칠 수 있을까.

내가 있다.
이렇게 내가 있다
이렇게 내가 있었다……고.

당신의 얼굴

살아가다 가끔 힘이 들어
슬픔이 목줄기를 치면
아버지, 당신의 얼굴을 떠올립니다.

모질게 견뎌낸 난세 속
노안에 패이던 어진 웃음
문득 되살아나 내 가슴에 꽂히면
사랑하라, 사랑하라 네 몫의 모든 것을……
조용히 달래며 등 토닥여 주십니다.

꽃들은 꽃들끼리 모여 살 듯이
아픔은 아픔끼리, 슬픔은 슬픔끼리
우루루 몰려오고 몰려가는데
따스한 당신의 얼굴
오늘은 내 어깨에서
천상에서 뿌려 주는 안개꽃이 됩니다.

신호등이 있어

신호등이 있어
가다가 잠시 멈춘다.

멈춘 후 다시 직진하고
커브를 틀고 돌아가기도 한다.

돌고 돌고 돌다 보면
가는 길 오는 길 돌아가는 길,
그 어느 것 하나
내 맘대로 되는 것 없다.

파란 불이 켜지면
즐겁게 페달을 밟고
빨간 불이 켜지면
가슴이 타더라도 콧노랠 불러야지.

신호등을 잃고 한없이 달려가는
어리석은 자가 바로 나인가?
전전긍긍하면서 어디로 가나

전진도 후진도, U턴도
마음대로 할 수 없는 그 길 위에서.

봄비가 되어

봄비가 되고 싶어요.
문득문득 어머니!
당신 계신 무덤가
메마른 풀들 적시는
봄비가 되고 싶어요.

대지에게 사죄하는 봄비처럼
한번도 쓰다듬지 못한 풀들
눈물로 쓰다듬으면
그동안의 불효가 행여 씻길까요?

봄비가 되고 싶어요.
문득문득 어머니!
메마른 풀이 일어나듯
그립고 그리운 당신의 온몸
내 손으로 한번 일으키고 싶어요.

경다화 수선

우리 집 뜨락에선
샛노란 얼굴 살랑대며
4월이면 수선화가 피지
어김없이, 어김없이 수선화가 피지
작년 이맘때보다 더 부끄럽게
작년 이맘때보다 더 확실하게.

한해살이 꽃보다 먼저
제풀에 등 돌린 친구도 있고
여러해살이 알뿌리만도 못한
인연도 살붙이도 많은 세상에

터질 듯한 그 짝사랑 숨길 수 없어
봄마다 새봄마다 노래하지
튼튼한 꽃대 하나에 여러 송이 매달고
경다화로 피고 지고 피고 지며

'나는 어쩌면 좋죠?
내 가슴에 누가 살아요

숨을 쉬며 살아요
좋은데 너무 좋은데
나는 어쩌면 좋죠?
내 가슴에 숨을 쉬며
누가 사나 봐요……'

한국 가수 제이(J)의 사랑 노래처럼
울 듯 말 듯, 올 봄에도 피어나네
작년 이맘때보다 더 부끄럽게
작년 이맘때보다 더 확실하게.

12월의 카드

카드를 씁니다.
크리스마스가
이 땅에 있는 한
서둘러 12월의 카드를 씁니다.

우리를 에워싼 정다운 이들
축복을 세어 보듯 하나씩 불러내어
짧은 안부를 묻고

따스한 촛불 속에,
볼이 빨간 눈사람 속에,
새의 눈빛같이 오롯한 이름 석자
또박또박 새겨 갈무리합니다.

기러기 발에 묶인 내 마음
그대 영혼에 맞닿으면
흰 눈이 달고 오는
먼 먼 산마을의 등불 켜지고

서로의 추억은 어깨 걸고
와아, 와아, 소리 지르며
행복의 촉수
붉게 붉게 터뜨립니다.

4 당신에게 가는 날은

환상으로 가는 길

그림과 그림 사이
빈 가슴에 와 꽂히는
꽃과 물고기 사이,
광휘에 찬 에스프리
그 신초록과 빨강 사이
아, 파랑과 노랑 노랑 사이

끝없는 기쁨과 갈망,
절규하는 색깔들이
직조한 빛의 바다
그 원초적 바다를 향해
내지르는 소리와 소리,
숨 마시는 새벽마다 그대여 듣는가

생명은 억 겹 색깔로 오는 빛
약속으로 오는 사랑, 그리고 축복
가까운 듯 하늘처럼 아주 멀어
울며 웃으며 벅찬 가슴으로 받아내지
침묵을 찌르는 붓질의 가없는 움직임

무수한 새떼 날아드는 그 화폭 속에…….

가을나무

누가 이 온 천지를 물들이는가
가을 산 속
개울물이 맨 발목 간지럽히면
나무들은 저마다 홍조를 띠고
그리운 님 맞을 채비를 한다.

눈부신 그 봄 다시 올 때까지
긴 긴 기다림에 가슴 졸이며
말갛게 자신을 벗기는 아픔에
가끔씩 줄줄 울기도 했지

그러나 어김없이 찾아오는 그대,
그 순간의 희열 잊을 수 없어
온몸, 온 영혼 다해 노래하며
전율에 담근다
맨 발, 맨 뿌리들을.

꽃들의 언어

내가 화가 나
천지가 잔뜩 흐린 날에도
꽃들은 신기하게 피어 있다.
넌 왜 그렇게 늘 방긋거려?
배알도 없어?

악몽 같은 어제도
한바탕 백일몽이었어?
난 그럴 수 없어.
그럴 수 없다니깐!

꽃들은 일제히 대답했다.
나도 그럴 순 없어.
그럴 수 없다니깐…….

밤의 정적

새가 날아와
튤립꽃에 앉았다.
"잠시 쉬고 싶어" 하고 말했다

밤이니까,
모두들 잠이 든 밤이니까
내가 널 지켜 줄게
내가 널 사랑해 줄게
걱정 말고 잠들어 응?

튤립은 사랑스런 긴 손눈썹을 닫았다.

하오의 호수

이곳이다, 이곳이다
여기에 몸을 풀자
돛단배 하나 띄우고
호수는 하오의 햇살만으로
조용히 반짝이며 속삭인다.

세상 속에서 상처 입은 사람아
이리로 오렴
쓰다듬으며, 쓰다듬기우며
탁류 속에서도 흐르지 않고
맑게 사는 법 알려 주마

오고 또 오는 격랑의 파고 속
밤새 자란 아픈 기억의 뿌리
내가 뽑아 버릴께
아무에게도 털어내 놓지 못해
밤새 흘린 네 눈물자욱
내가 닦아 줄게

그 누구도 위로가 되지 못하고
막막한 내일은 말이 없지만
오직 너를 위해 이렇게 있을게.
노을 한 조각이 네 온몸을
어떻게 물들이는지, 그때까지
어떻게 기다려야 하는지 알려 주며

이곳이다, 이곳이야 !
여기서 마지막 노래를 불러 줄게
막막한 내일은 말이 없어도
내 어디로 더 흘러가리
어디로 더 나아가 안착하리
오직 너를 위해 찬연히 물든
노을빛 그 노래 불러 줄게.

당신에게 가는 날은

어머니!
양로원 가는 날은
언제나 가슴이 메입니다.
마른 꽃 몇 송이로 누운 당신
4월은 5월을 부르고
봄비는 봄꽃을 부른다지만

새빨간 입술의 튤립
흐드러진 자목련,
사랑하던 친구처럼 반갑게 왔는데
그곳은 천국의 길목 같은
호스피스 룸인가요?

눈물도 그리움도 오래 전에 메말라
딸자식 얼굴마저 잊어버린 채
손발톱 깎을 때만 "아야야!"
원초적 그 언어만 남아 있네
정들면 안 되는지 자고 깨면 바뀌는 이웃
여태도 고운 옆 침대의 한국 할머니

자식 걱정, 나라 걱정 목울대까지 찼는지

"큰애야, 작은애야,
어서 오너라. 잘 있었니?
아아 ! 대한민국,
나의 조국 길이길이 빛나라……"
시도 때도 없이
군가처럼 부르다 잠드는 창가에서

어머니, 어머니!
나는 4월의 봄비로 남을게요
산다고 허덕이다 저지른 불효
허기진 가슴으로 파고들면
삼라만상,
메마른 것들 적실 꽃들 불러내
안타까운 내 눈물로
아롱다롱 키워도 볼게요

전쟁의 한복판에서

바그다드여!
전쟁의 한복판에서
밤 하늘을 가르며
달려가는 건
소총과 로켓포와
토마호크 미사일만이 아닙니다.

가쁜 숨결 사이로
공포와 전율이 유혈처럼 흘러도
증오와 절규가 화염처럼 타올라도
바그다드여!
그대는 아는가
또다시 무너지는 바벨탑 아래에서도
밤 하늘 가르며 달려가는 건
새 희망과 삶에의 전의(專意)임을!

우리가 본 건

우리가 본 건
바다가 하늘로 치솟던 날의 진앙지,
새처럼 숨진 아들의 손목을 부여잡고
절규하던 스마트라의 남자
자기 그림자를 코 앞에 내던지듯
예고 없이 달려든 가족들의 죽음
그 슬픔 가누지 못해 하늘 향해 울부짖던
쿠탈로르의 여인들.

우리가 본 건
유라시아와 인도판 사이
9.0리히터가 만든 해저 단층,
스리랑카에서 마다카스카르까지
피피섬에서 케냐와 소말리아까지,
사라질 수밖에 없는 우리
끝까지, 끝까지 사라지게 하는
쓰나미의 분노와 재앙.

수만 마리의 맹수떼처럼 달려와

길길이 뛰며 덮친 가공할 위력 앞에
이 세상과 당신 사이의
갑작스런 그 분열, 그 단층.
바다가 하늘로 치솟을 때 우리가 본 건
에스카톤! 그 마지막 때의 일,
그 마지막 때의 모습.

오늘은 새날

지난 밤의 폭설은
다 어디로 갔을까?
궁금해 집 밖에 나와 보니
용감한 몇 놈들
잿빛 하늘 올려다보며
여전히 빈 나무 채우고 있다.

오늘은 어제와 다른 새날!
간밤의 폭설도, 혹한도
그 누가 겁내랴
서로가 서로에게
귀엣말을 하는 걸까

내가 사랑하는 로빈은 개똥지빠귀,
이름도 예쁜 '울새'라는 걸
오늘에사 처음 알았듯이
새날인 오늘,
하나씩의 의미를 더 깨닫고 싶다.

미완성 시편

‘시는 결코 완성되는 법이 없다.
다만 던져질 뿐이다’
발레리의 말처럼
사람도 그러한가?
완성되는 법 없이
던져질 뿐인가?

더러는 전쟁터
모래 부는 사막 위에,
더러는 꽃들이 피어나고 싶어
하얗게 숨죽이는 봄 들판 위에…….

늦여름의 하오

뒷마당에 앉아
꽃들의 언어를 듣는다
바람결에 묻어 오는
해맑은 전율의 세계,
햇살마저 금빛 부스러기를
한없이 뿌리네.

가는 여름을 꼭 붙잡고 싶다.
검은 눈동자의 수잔,
얼룩말 갈대 사이로
청순한 얼굴 내비치는
희디흰 코스모스여,
너희들도 영혼이 있을 것만 같다.

도망도 안 가고 날 빤히 쳐다보는
다람쥐며 휘파람새, 심지어
왕벌까지도 한결 여유롭구나.
모든 것이 살가와지는
모처럼의 하오

내가 조용하니 온갖 것들이
다 살판이 났나 보다.

1월이여

하루 하루가
풀 수 없는 암호였지
녹록잖은 세상
내 걸음을 멈췄고
떨어지는 수심의 비늘
눈꺼풀을 덮었지.

그러나, 나는 너에게
난생 처음 누군가에게
사랑한다고 말할 때처럼
따스한 손 내밀어
가녀린 떨림으로
반겨 주고 싶었다.

언덕 위에 세워 둔 채
재빨리 달아나 버릴까 봐
나는 네가 올 때마다
장미꽃 한 다발씩 안겨 주며
'새 이름으로 저장' 해

단축키를 꼭 꼭 눌러 주고 싶었다.

5 여행이 끝날 즈음

종이컵에 쓴 시

창살 안쪽으로
목마른 햇살 여럿이 달려들어
야곰야곰 제 지경을 넓히는 여름 아침
지구의 이쪽 '스타벅스'에서
블루베리 스콘 하나를 뜯어 먹는다.

한치 앞의 팬터마임 그 누가 알랴.
먹고 먹히는 세상에 길들여진 나도
이곳까지 흘러와
너 하나를 야곰야곰 삼킬 뿐,
나이들면서 조금씩은 더 쓸쓸해지는
한쪽 하늘만 무심하다.

종국엔 누구나 가는 외길인데도
왕도를 몰라 갈팡질팡하며
헤매고 헤매다 여기까지 와 버렸나?
생의 한 자락 받아들 듯 조심스레
커피를 마시다 만난
이국 시인 제이 멕클너니가

'멋진 삶은 언제나 길의 중간에 있다'고
뜨거운 종이컵으로 알려 준다.
야망과 동정, 열정과 비판 사이
한 잔의 커피와 와인 사이에
내가 찾는 바로 그 길이 있다고…….

돌아오는 법

주인이 더 이상은 마다 하며
잠시 맡긴 누렁이 '잭'
우리 집에 왔다
하루빨리 누구에게 줘 버려야지
망설이다 먹을 것 조금씩 챙겨 주고
우리는 안 되겠지?
고심하며 잠자리 정성껏 보살펴 주다
끈적끈적한 정이 붙고 말았다
진도견이 어찌어찌 여기까지 왔을까
앉아, 서, 이리 와, 사랑해, 애교도 떨고
흠흠…… 그리운 한국 냄새도 맡아 보며
사나흘 서로가 좋아라 잘 지냈다
그랬는데 그만, 며칠 만에 종적을 감췄다

이럴 수가! 누렁이는 몰라도
나는 쉽사리 잊을 수 없었다
어렵사리 준 첫 정처럼 잊혀지지 않았다
온 동네 오가며 이름을 불러댔다
하루가 지나고 사흘이 갔다

괘씸도 하고 얄밉기도 하고
앉아, 서, 이리 와, 사랑해
아직도 해줄 말 입 속에 가득한데
앞으로 뛰고 뒤로도 함께 뛰고
아직도 애견 훈련 멀고도 멀었는데
포기를 해야 하나 말아야 하나

그런데 정말, 명견은 명견이었다
며칠 만에 기진맥진 슬픈 얼굴로
부엌문 바깥에 쪼그리고 있었다
어찌 이럴 수가!
그 집이 그 집 같은 미국 집들을
어떻게 알아내고 돌아왔을까
잠시 그리워했던 과거는 포기한 걸까
길은 완전히 잃어버려도 좋다
따뜻한 새 집쯤엔 영영 못 돌아온대도
한번쯤은 꼭 혼신 다해
옛주인을 찾아 나서야 도리가 아닐까?
갸륵한 그 결심 때문이었다면

단 한 번의 가출은 호기 좋게
눈감아 주지 뭐
살다 보면 옛주인 따위는 안중에도 없는
내가 한번 관용을 베풀지 뭐

드디어 짠한 가족이 됐다
위스컨신* 농촌에서 마구 자란
첫 번째 진순인 너무 뚱뚱해 퇴짜 놓고
두 번째 날씬한 앤지를 데려와
신방도 예쁘게 꾸며 줬지
본 적 없는 사람과는 악플로 죽이고
부모 자식 간에도 서로를 버리고
돌아올 수 없는 먼 길 가버리는데
누렁아, 너는 돌아올 줄도 아는구나
이제는 돌아와 수 년째 가계를 돌보는 너
우리처럼
비록 먼 이곳까지 이민은 왔겠지만
나는 네 혈통이 정말 자랑스럽다

* 위스컨신 : 일리노이 시카고 근처에 있는 주

요즘 사람들은

요즘 사람들은 훈제를 좋아해
통오리와 갈비살, 소시지
연어와 족발에 베이컨까지
그것도 모자라
땅콩에 아몬드도 훈연한다.

냉훈에 온훈, 열훈을 깡그리 동원
살균에 항균에 기름 쏴―악 쏴악.
까탈스런 미식가들의 입으로
군소리 없이 쏙쏙 들어갈 때까지
얌전하게 업어치고 메치고

요즘 사람들은 훈제를 좋아해
김가네, 장가네 할 것 없이
참나무향 가득 배인 훈제였으면.
이런 사람, 저런 사람 가릴 것 없이
오래 오래 뒤집으며 익히는 동안
욕심의 콜레스테롤 쏙쏙 빠지고
쓸데없는 아집과 속 쓰림도 털어내게.

봄날은 재빨리

봄날은 저리도 재빨리
어디를 향해 가는가

일어나라, 일어나라
하늘이 맑고 푸르구나.
온갖 꽃과 새들에게
귀엣말로 타이르며

부드러운 바람결로
가는 곳마다 포승 풀어
연초록, 연초록
그 눈부신 문을 열더니

어린 시절 빛바랜 사진
들여다보는 잠깐 사이,
내 마음 아쉬운 봄비되어
은빛 눈물 추적이게 하고
어느새 저만큼 달아나 버렸네

낯선 마을을 지나며

미시간의 베이시티
인구 578명.
이곳에도 기차는 지나가고
이곳에도 구름은 머물다 간다.

밤의 어둠 너머로
불 밝힌 집집마다
한 날의 괴로움 흘러 넘쳐
지붕을 채우면

먼 데 사람들도
새로운 갈망과 안도의 잔을 들며
서둘러 빈 마을을 채운다.

여행이 끝날 즈음

낯선 도시, 낯선 숲길을 지나
나아가고, 또 나아가다
마침내 당도할 그곳,
끼르륵, 끼르르륵 울면서
새들이 앞서 찾아가는지
놀라움에 가슴 퍼덕거리기도 한다.
가는 길 외로워서
님아, 님아…… 수십 년 전의 그
펄시스터즈의 노래가 아닌,
2007년도 풍,
인순이의 팔딱이는 새 버전으로
애타게 소리칠 것들 아직도 많네.

입술 부르트도록 견딜 일도 많고
안타까운 것들도 많았지
가는 길 막막해서
그중 하나씩 불러내었던가
여행이 끝날 즈음
당신과 나,

아버지의 아버지의 종아리를 때린
물푸레 나무가 어린 나무를 키우는
먼 숲길 어디선가에서 다시 만나질까
또 한 세상, 서로의 가슴에 불지르며
애처롭게 살기 위해…….

어느 쓸쓸한 저녁

1. 재활원에서

어제는 재활원에서 너를 만났다.
푸르렀던 불의의 청춘,
자동차에 짓이겨진 그날 이후
이 한 세상 볼 수도, 걸을 수도 없지만
4년간의 혼절에서 다시 깨어난 너.

비릿한 저녁, 그렇다.
바로 그런 저녁은
젊은 날 누구에게나 올 수 있지.

보지 않아도 될 것
너무 많이 보아 후회스럽고
흘려야 할 눈물
흘리지 못해 뻔뻔스런 내 앞에서
눈을 뜨고 있어도
눈을 감고 있어도
네 눈물은 늘 행방을 잃고 헤맨다.

쏟아지는 폭설마저
엎어질 듯 자빠질 듯 헛발질을 하며
수없이 네 창가를 찾아들지만
햇빛 한 자락이면 한순간에 사라지듯
아직도 비릿한 네 뼛속 피눈물
이승의 어디메쯤에선 꼭 사라질 것이다.

2. 보이지 않는 하늘

보이지 않는 하늘도
하늘이다.
시신경마저 끊긴 네가
맞닥뜨리는 망실(亡失)의 세상
먼저 껴안으려
진종일 한 걸음씩 앞서가는 모정 앞에

더 이상 슬픈 결말은 없다.

더 이상 안쓰런 망실도 없다.
그러니 이제 일어나라.

보이지 않는 하늘
다 보지 않아도 좋다.
온 세상 다 활보하지 않아도 좋다.
일어나 이 한쪽 하늘만 다시 보게,
일어나 창 밖 나무의자에만 앉아 보게.

네 눈으로 봐야 할 반가운 것들
네 발로 밟아야 할 멀고 먼 세상
가파른 절벽 끝까지 찾아 헤매느라
진종일 뼛속 저린 네 어머니……!
타 들어간 심장으로
차마 울지도 못한다.

3. 누구의 끝인가? 너의 끝까지

쟌!
상한 두 다리
상한 두 팔,
상한 가슴
상한 온몸으로도

쟌!
올라가라, 너의 끝까지
더 이상 올라갈 수 없을 때까지
그 끝에서 누군가 널 기다린다.

그러니 올라가라.
올라가고 또 올라가라.
네 숨이 헉헉거리고
네 기운이 소진될 때까지 올라가
그곳에서 만나라
널 기다리고 있는 그를!

봄 풀잎

이른 봄 풀잎은
기다리고 기다리던
그대의 편지

끝 간 데 없는 희열로
치밀어 올라와
와아 와아, 탄성을 지르게 하는

이른 봄 풀잎은
몰래 몰래 펼쳐 보는
그대의 편지

내가 나에게

새해에는
한 그루의 나목이 팔 벌여
다른 한 그루의 나목에게 다가가듯
내가 나에게
다가가고 싶다

새해에는
잠에 여윈 밤이 줄기차게
새벽별이 기다리는 곳으로 달려가듯
내가 나에게
달려가고 싶다

미망의 그물 걷어내어
마침내
나만의 빈 하늘 볼 때까지
예감과 동경에 몸을 떨며
심연으로부터의 투척
그 새로움에 길들고 싶다

첫 손녀를 보며

너를 본다. 네 눈 속을
계속 들여다본다.
언젠가의 내 울음 조금은 묻혀 있고
봄같이, 희망같이
재빨리 지나가는 한 세상도 보인다.

해질녘 그림자 따라
나의 날들은 사라지려는데,
까만 네 눈망울 속에서
새로운 것들에만 마음 뺏겨
안중에도 없는 나를 찾는다.

네 살이 되려면 아직도 멀었는데
얼마 전 처음으로 학교엘 갔다지?
선생님을 만나고 새 친구도 만나고
두어 번 간 뒤 감기 걸려 결석도 했다지.
앙다문 네 입술로도
뭐든 쉽지 않은 날들 오고 올 거야.

너를 본다. 네 눈 속을
계속 들여다보면
언젠가의 내 울음 조금은 묻혀 있고
봄같이, 희망같이 재빨리 지나가고 말
아름다운 한 세상도 보인다.

매미의 인내

그대 발밑에서 부서져 당장 가루가 되더라도 터질 듯한 연분홍 꽃망울 어루만지며 이렇게 황홀한 순간도 있었음을 기억할게. 17년 후, 우리가 다시 동시다발적으로 이 지구상에 목을 내어밀 때 당신은 어떤 모습일까? 혹독한 빙하기를 거치면서도 천적들에게 수없이 잡아먹히면서도 우리는 끝까지 종족을 보존시켰다.

어때 당신은?

따뜻한 날이 죽도록 그리웠지. 17년이나 땅 속에 있었는데 땅 위의 생이 한 주밖에 없다니……. 누군들 큰 숲이나 정원의 눈부신 꽃들 사이, 담장이나 길바닥 어디서든 목덜미를 치듯 뛰어들고 싶지 않았을까? 전율에 찬 날개를 비비며 목놓아 울고 울면서라도 찰나의 생을 만끽해야지. 나뭇가지 틈새에 수없이 알을 낳으면서 애벌레로 또다시 태어날 그날을 기다릴 수밖에. 순명의 땅 속 깊이 새 보금자리를 만든 뒤 조용히 허물을 벗겠다.

어때 당신은?

그러면서 17년이 아니라 또 17년, 그 후에 또 17

년……. 사라짐과 출몰의 이 기막힌 생존 전략이 계
속된다네.

존재 자아의 정체성 탐색과 시적 사유
—배미순 시집 『보이지 않는 하늘도 하늘이다』에 부쳐

김종회(문학평론가, 경희대 교수)

1. 자기 존재의 근본에 대한 질문

배미순은 1970년《중앙일보》신춘문예에 시가 당선됨으로써 한국 문단에 이름 석자를 내걸었다. 그 이전에 대학에서 국문학을 전공했고, 연세춘추 문학상과 여원사의 여류신인상을 수상한 바 있으니, 일찍이 문학적 재능을 객관적으로 입증한 셈이다. 미국으로 이주한 후에 미국 시도서관 편집자상, 시카고 묵미(동양화) 예술상, 해외문학상 대상 등을 수상하였으니 그 문재(文才)를 평가받는 데 있어서도 대체로 행복한 이력을 갖추었다.

『보이지 않는 하늘도 하늘이다』는 배미순의 세 번째 시집이다. 그동안 『우리가 날아가나이다』(나남)와 『풀씨와 공기돌』(종로서적) 등 두 권의 시집을 냈고, 시카고 문화

단체 '예지마을(www.yeji.us)'을 창립하여 활동했으며, 지금은 시카고 《중앙일보》 문화전문기자 겸 중앙문화센터 원장으로 일하고 있다. 한국과 미국의 두 나라에 걸쳐 다기한 문학 및 문화 활동을 해온 경험이 꼭 그의 시에 빛을 더하지 않을 수도 있다. 그러나 그가 일생을 문학과 더불어 살고 있고 그 치열성과 지속성이 확인되는 터이어서, 그의 시가 포괄하고 있을 독창적 개안과 성취가 사뭇 궁금해지는 것이 사실이다.

태생적으로 익힌 모국어와 몸을 두고 살아야 하는 이방의 땅이 서로 맞부딪치면, 누구나 자기 존재의 뿌리에 대한 근원적인 질문을 던질 수밖에 없다. 미상불 그 몸이 이민자이면 마음도 이민자이기 쉽다.

누가 먼 발치에
슬픔의 웅덩이 하나 숨겨 놓았을까
해마다 정붙여 꽃을 심으면서도
마음이 시린 남의 나라, 남의 땅

—「누가 먼 발치에」 부분

'그 시퍼런 질곡의 웅덩이 하나'를 목전에 두고 살아야 하는 형편이기에, 시인은 '나는 누가 쥐고 있는 풍선인가'(「내 속의 바람」)를 반문하고 '저 언덕 아래 집으로 가는 그 길'(「집으로 가는 길」)을 탐색한다. 이 동시다발적인 질문들은 때로는 삶의 방향성에 관한 것이기도 하고 때로는 존재 자아의 정체성에 관한 것이기도 하다.

만약 그가 아직 청천백일(靑天白日)의 호시절이면, 이와 같은 질문을 던지지 않았을 수도 있다. 하지만 '나의 봄날은 점점 줄어들고 있'고(「줄어드는 봄날 새벽」), '칠흑 같은 밤은 누구에게나 찾아온다는 것'(「저물 무렵」)을 인식하게 되는 지점에 이르렀다면, 시인이 존재론적 근본주의자의 태도로 선회하는 것이 전혀 이상할 바 없다.

문제는 여전히 붙들고 있어야 할 세월이 남았고 여전히 감당해야 할 인고의 시간이 남았다는 점이다. 그래서 '마음놓고 울 수도 없는 당신'은 '한밤중 같은 시간들을 견디고 있'다는(「쓰라린 날들의 일기」) 표현이 가능하다. 그 인고의 가장 막다른 곳에는, 지금은 세상을 떠난 '엄마'가 있다. 이보다 그 근본적인 관계성의 존재가 없기 때문이다. 그에게 '엄마'가 있었듯이, 그도 누군가의 '엄마'로 있어야 한다. 경기도 안성 땅에 묻혀 있는 시인 조병화가 끝까지 노래했듯이, 이 시인에게도 어머니는 '집으로 가는 길'의 통로이자 종착점이었을 것이다.

이 시인의 존재론적 질문이 형이상학적 논리에 침윤하지 않고 감성적 대상을 이끌어내었기에, 그 시가 오히려 윤기를 잃지 않았다. 그리고 그는 작고 소박하지만 소중한 깨우침을 얻었다. '슬픔이 그려 놓은 지도를 따라 강물 위에 언 강물 반짝이며 우리들 풀 수 없는 생애 속으로 유유자적 흘러가는 이유를'(「슬픔은 지도를 그린다」) 비로소 알 것 같은 것이다.

2. 희망을 발굴하는 새로운 방식

　외형적 현상으로서의 인간을 중시하지 않고 내포적 본질로서의 인간을 추구하는 자에게 있어 외로움, 그리움, 기다림 등의 비생산적 감정은 어쩌면 어쩔 수 없는 필요조건일지도 모른다. 먼 길을 돌아갈 것도 없다. 배미순은 자신의 시 몇 편을 통해 이를 여실히 증거했다.

가을의 끝 어딘가에서
풀잎의 울음, 풀잎의 눈물 방울
본 적 있나요?
함께 서 있어도 외로움뿐인
저마다의 생으로 밤새 떨며
긴 밤을 견뎌온.

나도 당신들처럼
확실한 뿌리를 갖고 싶었어
내게도 실은 지난 봄부터
연약한 뿌리가 없었던 건 아니야.
점점 굵어지고 깊어져서
정말 나도 너처럼
땅 속에 확실히 자리잡는 줄 알았어.

―「일년초가 다년초에게」 부분

일년초와 다년초의 대비, 그것이 '나'와 '너'로 치환되어, '나'가 '너' 또는 '당신들'에게 발화하는 방식을 취하고 있다. '너'의 '확실한 뿌리'와 그 해마다의 재생이 무엇을 의미하는지 구체적인 정보는 시의 문면 가운데 없다. 그러나 그것이 이민자가 시민권자의 신분적 복리나 환경 조건을 시샘하는 종류의 것이 아님은 분명하다. 만약 그런 것이라면, 시인은 시를 쓰기보다 더 실리적인 일에 명운을 걸었어야 옳다.

사정이 그러하더라도, '함께 서 있어도 외로움뿐인 저마다의 생'은 전혀 해결되지 않은 문제이다. 그의 삶은 현상으로서가 아니라 본질로서 외롭다. 이러한 외로움은 쉽사리 그 동류를 발견하고 또 한데 모은다. '내가 기다린 그토록 눈부신 당신과 나를 기다려 온 당신과의 새털 같은 조우에서 길고 아픈 기다림'(「봄의 정령」)에서의 기다림이나, '기다림에 지친 그대 생의 갈피마다 어찔어찔한 현기증'(「봄비와 관한 명상」)에서의 기다림이 바로 그 동류항에 해당한다.

이와 같은 시적 경향을 주목해 보면 배미순의 시는 우울하고 쓸쓸한 분위기를 약여하게 거느리고 있다. 시인 자신도 이 웅숭깊은 침잠의 처소를 잘 알아차리고 있다. 그러기에 여러 자리에서 다소 무리해 보일 만큼 반복적으로 '희망'을 역설한다. 그의 희망 찾기는 시적 자아를 앞세운 시인 자신에 대한 독려요, 단련이기 쉽다.

'새들이 처마 속까지 들어오면 집이 상한다는데……'
아침저녁 둥지를 들락거리는 새들을
그는 귀찮아했지만,
살아서 펄펄 날아오를 줄 아는 자유와
살아서 미래의 집을 지을 줄 아는 희망이
새가 되어 우리 집에 깃들었다니…….

—「행복한 새」 부분

그래,
겹겹의 어둠이여 오라!
켜켜이 쌓인 슬픔아 너도 오라!
나랑 마주쳐 보자.
땅 위에서 빚은 모든 상처와도
하나씩 마주치며 사투를 벌이는 동안
기쁨의 그날은 봇물처럼 터지리라.

—「2월의 끝」 부분

「행복한 새」에서 새에 기대어 자유와 희망을 말하던 시인은 「2월의 끝」에 와서 마스크를 벗어던진 맨 얼굴로 '기쁨의 그날'에 희망을 두고 있다. 시인의 육성이 언어의 치장을 젖혀 두는 사태란, 대체로 그 처한 정황이 절박한 형국에 있는 까닭에서이다. 시인은 아직 이 정황을 구체적으로 풀어 보이지 않는다. '국가불행시인행(國家不幸詩人幸)'과 같은 역설적 어법을 빌어 오면, 시인은 아직 행복하다. 최소한 그 정황의 핵심을 드러낼 때까지, 그의 시는 긴장감을 유지할 수 있기 때문이다.

3. 역사성과 현실 인식의 갈무리

시인은 자기 세계 안에서 왕국의 지배자처럼 특권을 누릴 수 있는 존재이다. 그가 개별적 내면의식을 천착하면서 단단한 시의 각질 속으로 숨어 버려도 그를 끌어내기 어렵다. 그런가 하면 그 개별적인 의식을 넘어 공동체적 질서의 문제로 시의 영역을 확장하는 것 또한 시인 자신이 그 조타수이다. 한 시인이 사회화하고 공동체화한다는 사실을 일괄적으로 시세계의 '진화'라고 말하기는 어렵다. 그러나 그러할 때의 시인은 문필이 가진 사회적 책임을 인식하기 시작한 것이고, 이러한 변화는 그에게 객관적 미더움을 공여하는 계기가 된다. 배미순의 경우에 비추어 봐도 그렇다.

새 캘린더에 얼룩을 묻히고
당신은 전전긍긍하고 있다.
지나간 날들에 묶여
한 발짝도 내딛지 못한 채
제자리 걸음만 하고 있다.

고개를 들고 앞을 향해 나아가라!
당신의 뿌리가
넓고 무한한 수맥에 닿아 있는 한
기쁨도 잠깐이고 고통도 잠깐이듯
지금의 좌절 또한 잠깐인 것을

전전긍긍하는 그대여 보라.
한 그루의 나무가
얼마나 많은 잔가지들로 하여
시시각각 변하는 바람의 숨결을
맛보게 하는가를…….

—「바람의 숨결」 전문

강력한 구호나 주의주장은 당초 배미순의 발화 방식이 아니었으되, '한 그루의 나무'가 '얼마나 많은 잔가지들'에게 시시각각으로 변하는 바람의 숨결을 맛보게 하는가를 헤아리고 있는 모습은, '나무'와 '잔가지들'의 긴밀한 상관성, 또는 중심 세력과 주변 세력의 건강한 상관성을 환기하고 있는 대목이다. 그러한 인식의 연장선상에, '눈부신 새천년을 함께 달려갈 당당한 나의 분신 만들기 위해'(「전광판을 보며」) '반란'을 꿈꾸는 시적 자아가 놓인다. 그것은 '평범한 일상들의 반란'에서 '당신의 우주의 반란'에 이르기까지 펼쳐진 폭이 넓다. 보다 구체적으로는 '55년 돌다돌다 마침내 이뤄진 이산가

족들의 절절한 만남'(「오늘은 비록 헤어지지만」)이 도입되
기도 한다.

　이 현재진행형인 역사성의 문제들은, 시적 상상력 속
에 웅크린 단순명료하고 소박한 자아를 복합적인 현실
인식을 가진 존재로 탈바꿈시키는 촉매제가 된다. 시인
은 '하루치만큼씩의 햇살을 소중하게 소중하게 손바닥
에 받아내며 사랑'(「가을 햇살에 부친다」)하기도 하고, '내
속에 보이지 않는 나'가 '세상을 향해 소리칠 수 있을까'
(「세상을 향해」)를 탐문하기도 한다. 그러한 인식의 상대
편에 '그 어느 것 하나 내 맘대로 되는 것 없'는(「신호등
이 있어」) 현실의 삶이 버티고 있다. 이 양자간의 대립과
길항이 그의 시 속에 역사성 및 현실 인식을 갈무리할
수 있도록 하는 균형 감각의 전제 조건이 된다.

4. 정체성의 자각과 사유의 중심

　자기 정체성이 확고하고 자신의 존재에 대한 해답을
구한 사람에게는 시가 소용될 리 없다. 언제나 불완전하
고 끊임없이 변화하는 자신에 대해, 의문을 품고 질문하
며 가설을 세우고 답변하는 곤고한 사람이 시인이다. 그
관심의 표적이 개별적인 것이든 공동체적인 것이든 이
시쓰기의 방정식을 파탈하기는 어렵다. 배미순 또한 자
기 정체성에 대한 분명하고 결정론적인 답안을 가져서

는 안 된다. 그는 지속적인 질의의 과정으로 존재해야
한다. 그가 시인인 연유에서이다.

내가 화가 나
천지가 잔뜩 흐린 날에도
꽃들은 신기하게 피어 있다.
넌 왜 그렇게 늘 방긋거려?
배알도 없어?

악몽 같은 어제도
한바탕 백일몽이었어?
난 그럴 수 없어.
그럴 수 없다니깐!

꽃들은 일제히 대답했다.
나도 그럴 순 없어.
그럴 수 없다니깐…….

—「꽃들의 언어」 전문

　‘나’가 응대하고 있는 ‘꽃들’은, 시적 자아와 대척적인
자리에 있는 세계의 형용이다. ‘악몽 같은 어제’를 두고
‘나’도 ‘꽃들’도 서로 다른 반응방식을 바꿀 의향이나 가
능성이 없다. 이를테면 한 방향으로 정돈될 수 있는 가
능성이 없다는 말이다. 시인이 세계의 반대편에 선 자신

의 정체성을 자각하는 자리, 그 대척점에 꽃을 가져다 둔 것은, 이 시인이 매우 부드러운 감성의 주인임을 표방한다. 하지만 그렇다고 해서 자아와 세계의 대립각마저 부드러운 것은 아니다. 시인, 곧 사유하는 존재이자 질의자의 신분으로 자기 인식의 중심에 서기 위하여, 그는 때로 웃음 가운데 칼을 감춘다.

그가 '세상 속에서 상처 입은 사람'에게 '탁류 속에서도 흐르지 않고 맑게 사는 법을 알려 주마'(「하오의 호수」)라고 말을 건넬 때, 무슨 선지자처럼 불변의 해답을 갖고 있는 것이 아니다. '양로원의 어머니'에게 '그곳은 천국의 길목 같은 호스피스 룸인가요'(「당신에게 가는 날은」)라고 질문할 때, 그는 가치관과 판단의 혼돈을 일으키는 어머니를 통해 자기 자신에게 되묻고 있는 것이다. 이러한 의문들의 중심에 시적 자아를 세우는 일, 그 행위만은 확정적이다. 이렇게 확정할 수 있는 일과 그럴 수 없는 일을 구분하는 시적 지혜로움이 확립된 이후에는, 예컨대 아주 현실적인 사건들, 바그다드 폭격(「전쟁의 한복판에서」)이나 쓰나미 재앙(「우리가 본 건」) 같은 모티프들이 쉽사리 시의 형상을 입을 수 있다. 깊은 사유의 주체로서 시인의 지혜로움은 주로 이러한 곳에 잠복한다.

5. 길 위의 시와 숨겨둔 삶의 상흔

　지금껏 여러 면모를 살펴본 배미순의 시는, 아직 창창한 앞날을 남겨둔 과정으로 존재한다. 그의 삶이 그러한 것처럼 그의 시도 여전히 분주하고 갈래 많은 길 위에 있다. 그 길의 굴곡과 갈피 사이에 숨겨 둔 남모르는 상처도 만만치 않아 보인다. 이것을 시를 통해 토설할 수 있다는 점은, 언필칭 시인으로서의 특권이다. 베토벤이, 고흐가, 두보가, 이상이 그러했듯이, 고통스러움의 토양은 예술적 성취를 꽃피우는 밑바탕이다. 세 번째 시집으로 노상(路上)의 시학을 펼쳐 보이는 배미순의 시가 한 결 더 깊어 보이는 것은, 이러한 여러 사실들의 조합과 관련이 있다.

여행이 끝날 즈음
당신과 나,
아버지의 아버지의 종아리를 때린
물푸레 나무가 어린 나무를 키우는
먼 숲길 어디선가에서 다시 만나질까
또 한 세상, 서로의 가슴에 불지르며
애처롭게 살기 위해…….

—「여행이 끝날 즈음」 부분

　'서로의 가슴에 불지르는' 삶이란 어떤 것인지 명확하

게 말할 수는 없으되, 시인이 인용한 '멋진 삶은 언제나 길의 중간에 있다'(「종이컵에 쓴 시」)는 레토릭처럼, 그것이 경과 과정이 끝나고 완성된 유형으로 제시되지는 않을 터이다. 그러기에 '먼 데 사람들도 새로운 갈망과 안도의 잔을 들며 서둘러 빈 마을을 채운다'(「낯선 마을을 지나며」). 이 현재적 시점의 시적 인식은, 교통사고로 중증 장애인이 된 아들을 향하는 강력하고 정동적(情動的)인 모성의 시적 퍼스나로 발현된다. 그 교통사고는 시인의 지인(知人)이 실제로 당한 일이고, 시인은 그 아픔을 고스란히 지켜 보고 있는 것이다.

더 이상 슬픈 결말은 없다.
더 이상 안쓰런 망실도 없다.
그러니 이제 일어나라.

보이지 않는 하늘
다 보지 않아도 좋다.
온 세상 다 활보하지 않아도 좋다.
일어나 이 한쪽 하늘만 다시 보게,
일어나 창 밖 나무의자에만 앉아 보게.

—「어느 쓸쓸한 저녁」부분

이 시적 퍼스나의 고통은 이렇게 당장 면전의 문제이다. '언어도단(言語道斷)'이면 심행처(心行處)'라 했거늘,

누가 있어도 이 처절한 아픔을 필설로 표현하기가 쉽지 않은 형편이다. 여기에서의 시적 언사는 그처럼 말할 수 없는 상흔을 진솔하게 드러냄으로써, 그 선 자리와 갈 길에 대해 결연한 의지를 다지는 방향으로 발전한다. 이 시의 화자는 아들 '쟌'에게 '너의 끝까지' 올라가 그곳에서 '널 기다리고 있는 그를' 만나라고 주문한다.

인생 체험의 한 극점에서 치열하게 진행 방향의 출구를 탐색하는 이 시편이 그러하듯이, 배미순의 시는 시적 사유를 통해 존재 자아의 정체성을 탐색하며 그것에 대한 현실적 대응 방식을 함께 추구해온 미덕이 있다. 그러나 시적 관심사가 다양하고 넓은 진폭을 갖는 장점을 발양하는 한편, 때에 따라서는 한두 제재에 집중된 특성 있는 글쓰기가 요구된다는 사실을 유념해 둘 필요가 있겠다. 그리하여 8만 리 태평양 건너 미국 땅에서 모국어로 작품을 쓰고 있는 이 시인의 시세계가 더욱 유장하고 깊이 있게 진전되어 가기를 기대한다.